JN213868

You shall return.

—Joyful love.

〜 memorial 2007 〜

The other side of love

In my heart, I know I must be right
Darkest shadows will someday come to light
I've been down, but I can rise above
I keep searching for the other side of love

Looking for fun was just a game to me
Never knew what each lonely day would bring
Now I'm so tired of trying to run away
I've got to find a love that's here to stay

In my heart, I know the day will come
We'll be laughing and dancing in the sun
What I've found has never been enough
I keep searching for the other side of love

I always heard that love's supposed to be
More than a word and more than just a dream
Someone to share your every joy and pain
Someone who's there for sunshine and the rain

I know what I see
I see exactly how it'll be
He'll be strong enough to be kind
He won't need to be tough to know he's mine

And I must believe what I feel
I'll feel it deep inside when it's real
And I know when day is done
He'll be so close to me that we'll be one
On the other side of love...

歌手　坂本龍一 featuring Sister M
作曲　坂本龍一
作詞　坂本龍一

目 次

第一章

Looking Back on Your Lover.

第一章

〈咲哉〉
「何で、こんな事につき合わされんだよ…。」

体躯の大きな、利発的な少年が言った。

〈育乃〉
「決めたのは、咲哉じゃないか。」

何処か幼さの残る、其れでいて狡猾な知性を感じさせる、少年が言った。

〈咲哉〉
「友達が行けっていったんだよ。」

〈咲哉〉
「自分を、犠牲にするしかねえよ。」

なかなか、クールな美少年かと思ったら、熱い血も感じさせる。

〈育乃〉
「結構な、事ですよ。」

また、もう一人の少年が応える。

〈愛生華〉
「御免ね。本当有難う。」

〈愛生華〉
「でも、私よくわかんなくて、其れに一人じゃできない事も予定にあるから。」

〈咲哉〉
「でも、なんで？」

〈愛生華〉
「何？」

〈咲哉〉
「俺たちが付き添いっていう、理由がわかんない。真白だっているし、由樹をそのまま誘えばいいじゃない。」

〈育乃〉
「笑える！　由樹は、寂しい放置の真っ最中なのですね？」

〈咲哉〉
「いや、別に、嫌じゃないんだよ。」

〈咲哉〉
「でも、由樹を独りにしておかないとって言うのは、訳わかんないって。」

〈咲哉〉
「どうなの？」

〈愛生華〉
「私は、知ってるから、色々。」

〈育乃〉
「…はぁ。」

どうやら、この二人の少年は、由樹の友人であり、愛生華とも面識があるようだが、何らかの理由で愛生華に付き添っているようだ。

〈咲哉〉
「其れにしても、謹慎期間が三ヶ月って何だよ。三ヶ月も引き篭もれって言うのか？　ちょっとわかんねえよ。」

咲哉がぼやく。

〈育乃〉
「今時、珍しい人ですね。」

〈育乃〉
「する事が、なかったんですか？」

〈咲哉〉
「まあな。正直、確実にこれはっていうのは、な。」

〈育乃〉
「知らないよ。尺度をもてない人間は、家畜になるだけらしいから。」

育乃くんが、無害な微笑を湛えながら、小悪魔的に言う。

〈咲哉〉
「バラされたら、俺も普通に死ぬな…。」

〈育乃〉
「咲哉君の様に、過剰にエネルギッシュな人がいるから、修身の為にあるんじゃないか…。」

要するに、精神的な安静を得る為の、秋季謹慎に、上手く自己の感情を調整できなかった人が一人。

其れに対し、粗暴な友人を、可笑しそうに見ている少年がいるわけだが、その表情は、飼い犬を見る其れである。

〈咲哉〉
「こっから、遠いの？」

〈愛生華〉
「う～ん、そんなにはね。ちょっと、感性を高めたいっていうか、
其れと…。」

〈愛生華〉
「愛を、深めたいっていうかね。」

〈咲哉〉
「はあ。」

〈咲哉〉
「現実逃避か。一時的な、虚構内現実（集団的な現実）からの
脱出による、…あ～、何？　育乃。」

〈育乃〉
「愛生華は、思い出を作りたいんじゃない。其れには、一度、
自分の顕在意識を括弧に入れないと。」

育乃くんが言うには、普段考えている事の枠組みを、一度壊す
と、思い出ができるんだそうだ。

其れが、咲哉が言った、虚構内現実からの脱出、あるいは破壊。

ただ、其れには、覚醒している状態と、昏睡している状態の緩
急が必要。

〈咲哉〉
「学園都市にさよならしたら、もういかねえとな。」

〈育乃〉
「直ぐ戻るだろ、何言ってんの…」

連なる高山の麓に、学園はある。

学園内に、学寮もあるが、近隣の物理的集団共同体に、自活しているものもいる。

彼らにも、勿論親はいる。

親がいなければ、新しい生命は、受精によって、誕生しない。

何はともあれ、親は親だ。

但し、自然科学的な親と、社会科学的な親は違う。

合理的な自然科学に対し、単に生殖という観点に留まらず、人間の精神をも自然科学的に考え、社会科学を設計した。

其れ故、この時代、社会科学的な親とは、単的に隣人である。

隣人を絶対に確保しなければならない。

幼年期の隣人とは、西洋に一般的な、イマジナリーフレンドだった。

想像上の友人である。幼年者が、自立、孤独を迫られた場合、自然発生する可能性が高い。

其れは、そうだろう。

少なくとも、彼らは、個室に一人きり、いたのだから。

自然科学的な親は、子が一歳になると、親権を失う。

勿論、受精と同時に、親権を放棄する、親もいる。

その場合は、受精試験管の中で、生まれている事が多い。

但し、同年代の子が、閑静な環境の中で集い、お互いを慰めあっていた。

咲哉に、育乃、勿論、愛生華もそうなのだが、何となく、実の兄弟に近いというか、幼馴染すら越える、親近感を見せている。

其れは、彼らが、そういった環境におかれたという事を、熟知しているから。

誰も助けてはくれない。

甘える事も許されない。

とても、悲しく、何だか、欠けた感じがする。

でも、其れは不幸ではなかった。

童だった頃、抱き合って泣いた。

優しい気持ちを、知っている。愛しい感情は、生まれて四、五年で習得した。

社会科学が、全く自然科学に適応しなかった為、人類の存亡すら危ぶまれた時代の人間は、愛情が壊れている。

場合によっては、感情すら壊れ、言語表現に錯誤があり、文脈に整合性がなかった。

育児は、生活を保障すれば、成り立つ。

要するに、衣食住を確保し、死なない生活を保障すればいい。

問題は、教育だ。

育児と、教育は違う。

愛情が壊れた人間は、成長期のエスを処理する事ができない。

いや、寧ろ、エス（自我の欠損）を徹底的に増幅する。

其れなら、初めから、いない方がよかった。

麓の駅で乗り換えると、高速特急に乗り換えた。

景色は悪くない。明るい。

〈咲哉〉
「お～、不二の高嶺じゃんか。」

〈愛生華〉
「へ～、今日はよく見えるね。やっぱり、秋も深まってるから？」

〈育乃〉
「この場所に、学園がある理由は、ご存知かな。」

〈愛生華〉
「えっ、何。私は知らない。」

〈育乃〉
「学園があった場所は、元々、大きな公園だったらしい。」

はぁ、と溜息を吐いて、飲んでいた緑茶を、育乃くんは離した。

何だか、無性に気分が良さそうだね。彼は。

其れとも、単なる、ニヒルかな？

〈育乃〉
「この学園がある、山麓は連山になってるじゃん。明確な、頂点がないんだよ。」

〈咲哉〉
「わかったー。」

〈育乃〉
「何が？」

咲哉が項垂れていった。

〈咲哉〉
「何も、わかってなかった…。」

愛生華が、苦笑する。ただ、怒っているわけでも、変な目で見ているわけでもない。

〈愛生華〉
「な、何を言ってるの…。」

〈育乃〉
「…まあ、いいや。明確な頂点がないのは、多様な現実の存在と、其れらの交感なんだって。」

〈育乃〉

「其れから、不二の高嶺を望んでいるのは、多様な現実と、個人が、一つの理念に向かって連帯する事らしいよ。」

〈咲哉〉

「其れって、何か、素敵じゃない？」

其れにしては、咲哉の表情は、微笑を浮かべているわけだが。

〈愛生華〉

「へえ、やっぱり、育乃くんは、他の人が知らない事知っているから、良いよね。」

〈育乃〉

「あいつには、敵わないって。由樹には。」

〈愛生華〉

「由樹？」

〈育乃〉

「あいつは…。」

育乃が、何処か神妙が顔付きで、言った。

〈育乃〉
「あいつは、知識に埋もれて死にたいんじゃないかな。まあ、気持ちは察するよ。咲哉、わかる？」

〈咲哉〉
「わかるぜ。少なくとも、俺にはわかるぜ。昔の人間じゃねえし。」

愛生華が、小声で言った。若しかしたら、独り言だったかな。

〈愛生華〉
「………、馬鹿な由樹。いい加減、わからせないと。」

高速特急は進んでいくわけだが、菓子を齧ったり、カフェインを多めに摂取して、談笑が続く。

其れにしても、ちょっと飲む量が多い。少なくとも、半世紀前の感覚で言えば。

育乃は緑茶を、澄ました顔で飲み続け、咲哉はアメリカン珈琲を、皮肉そうに飲んでる。

愛生華も、時々、動きを止めながら、コーラスウォーターを飲んでた。

なんだか、ふざけたジェスチャーを交えながら、咲哉が冗談を始めた。

美しく、利発な少年ではあるが、奔放で、奇異なところもある。

其れは、性愛の対象としては、ある意味理想的だった。

但し、前世紀のアイドルには向かない。

〈咲哉〉
「あ、つまり、何だ。俺は、人情に厚い人なんだよ。」

育乃が乗ってくる。

〈育乃〉
「その心は？」

〈咲哉〉
「俺は、ジャイアン。」

〈愛生華〉
「は？」

育乃が爆笑しつつ。

〈育乃〉
「随分とハンサムな、ジャイアンですね！」

〈咲哉〉
「ジャイアンなめんな！　この前、記録動画見たらさ、すっげえ格好良いじゃん、あの人。」

〈咲哉〉
「普段は粗暴だけど、映画になると、仲間の為に自分を犠牲にする人。親友を背に担いで、戦場の荒野を歩く……。」

〈育乃〉
「いいよ、いいよ。良い感じに、仮想現実（個人的な現実）入ってる、今の咲哉！」

〈育乃〉
「バーカ！　今にお前を、担いでやるって！　学園の終末にな！」

意外と、愛生華が感心して。

〈愛生華〉
「男の子の仮想能力って凄いなぁ…。生きてく上で、反則だよぉ。」

とか何とか言いながら、笑ってた。

まあ、遠い昔の女子は、其れを見て、男子が馬鹿な事やってるって、蔑視したが。

しかし、よく考えて見ると、其れは苦難を生き抜く力だった。

愉しく、生き抜く力だった。

彼らの、愉しく生き抜く力が、色んなものを発明してきた。

〈愛生華〉
「な、なんかさ。」

〈咲哉〉
「どしたの？」

〈愛生華〉
「老齢者が、いなくて良かったなって。」

咲哉が、合槌を打って。

〈咲哉〉
「其れは、言えてる。」

〈育乃〉
「理解がないっていうか、どうかしているんだよ。あの人たち。」

〈咲哉〉
「特に六十以上？」

〈愛生華〉
「五十以上じゃない？」

育乃くんが、冷たくあしらって。

〈育乃〉
「例外もいるけど。」

〈育乃〉
「まあ、確かに。僕らはＡＤＨＤが、標準化されているから。」

微笑を崩さず、けれど、少し斜め下を向いて、育乃くんは言った。

〈育乃〉
「例えば、お互いを想いあって、言葉を選んだり、普段から考え事をしているのは、旧世代にとっては奇異かも。」

愛生華が、珍しく不機嫌そうに。

〈愛生華〉
「其れの何がいけないの。何か、おかしくない。」

〈育乃〉
「あと、彼らにとって訳わからんのは、こんなに沢山、水分を必要とする事なんじゃないだろうか。」

育乃くんは、空席に積まれた缶飲料の、空き缶を指差し、苦笑した。

〈咲哉〉
「……、まっ、別にいいけど。理解しあう必要なんてないし。少なくとも、老齢者は先に死ぬし。」

〈育乃〉
「そうそう。」

〈咲哉〉
「随分と、甘やかされたんじゃないの。要するに、自分で何も考えなくても、言われた事だけすりゃ、良かったんだから。」

〈咲哉〉
「結果として、命令に従う自分は、絶対に正しいと考えるようになって、自分の枠の外に、辛く当たるんだよ。」

〈咲哉〉
「でも、其れって、世界が変化したら、通用しないし。後輩が生活する社会を設計したのは、彼らなんで。」

愛生華が、苛立つ咲哉を宥めた。

〈愛生華〉
「まあ、私たちは仲良く、幸せに生きようよ。」

咲哉と、育乃は笑って。

〈咲哉〉
「ありがと、幸せになろうぜ。」

〈育乃〉
「みんな、宜しく。」

高速特急は、終点に近付く。

終点から、乗り換え、禿山のある高原を目指す。

高架から、巨大な高層建築の群れが見える。

〈咲哉〉
「なぁ、育乃。」

〈咲哉〉
「あの、二本の柱頭は、何で一本が欠けてるの？」

〈育乃〉
「戦争があったからでしょ。下の階は普通に使ってるらしいけど、蔦が絡まって、綺麗なオブジェだ。」

〈咲哉〉
「…オブジェにする為に、作ったのか？」

〈愛生華〉
「近くに公園があるんだよね。手入れなんてされてないと思うけど。」

高層建築群周辺の、建築物密集地帯は、資本主義の本来の目的を取り違えた為、一時期、精神の廃墟と化した。

資本主義の本来の目的は、優生であり、優れたものを生み出す事。競争はその一手段。

しかし、手段に過ぎない競争を目的化した為、貧困化が進んだ。

一部の勝者も、やはり精神的に貧困化した。

現在は、全世界の需要を調節する、この国最大の消費集積になっている。

この消費集積は、自給率が極端に低く、特別に貿易依存度が高い。

其れでも、時々来るには、楽しい街だ。

貧困化した廃墟が、懸命に再開発され、その場所は、オアシスと呼ばれている。

高速特急から、別の列車に乗り換え、目的地を目指した。

〈咲哉〉
「いいところじゃん。」

降り立ったのは、小さな駅。

洒落た木造の駅舎が、何処か優しげに出迎えてくれたよ。

〈育乃〉
「愛生華、禿山というのは何処ですか？」

〈咲哉〉
「そんなの、あるんだ？」

〈愛生華〉
「此処から、海へ歩くと、海岸公園があってね。其処から、逆方向へ、バスを使って登るよ。」

〈咲哉〉
「ちょっと、いい？」

〈愛生華〉
「どうかした？」

〈咲哉〉
「白い髪の、可愛げな、ダンサーは、今、何処？」

〈育乃〉
「わかりやすく、言えって…。」

愛生華は、意図を汲んだ。

〈愛生華〉
「真白はね、きっと今日も、サンクトの舞台を、夢見てると思う。」

要約すると、白い髪の、可愛げな、ダンサーとは、愛生華の親友の真白である。

真白は、その特殊な精神状態を、社会に適合させる為の措置、つまり医療行為によって、髪を脱色している。

髪の脱色は、何らかの精神的作為を、齎すそうだ。

髪は、真白。だから、きっと、誰かが、真白って呼んだ。

綺麗な、名前。

咲哉は、とりわけ、真白に焦がれているというわけではないが、彼女には、何か魅了するものがある。

白く長い髪を、二本のお下げにして、その先端は、臀部の下に届いている。

挑発するような美ではなく、むしろ油断させる美。可愛げのある印象。

その彼女が、鮮烈な髪を束ね、何時も愉快に踊っているのだから。

真白は、何時も作曲を手がけ、愛生華との共演を行う。

サンクトとは、欧州大陸の帝都であり、文化的極の一つ。

其処では、今のこの国では、余り見られない放蕩文化が、局所的に見られる。

若い女の子が自らの内面を、身体的な躍動に表現している。

畢竟、舞踏。

無論、其れは善悪を超越した、社会科学的処方箋である。

〈咲哉〉
「あいつさ、面白いの。」

咲哉が、無邪気に笑う。

〈咲哉〉
「この前、一緒にいた時、凄く良かった。」

〈愛生華〉
「何、其れ？」

〈咲哉〉
「これから、強く生きるって言って。」

〈咲哉〉
「踊るから。」

こんな感じで。言葉尻を上げる、音階で。

〈真白〉
「私は〜、これから〜、愉しく〜、夢見るから〜！」

〈真白〉
「つまりは〜、女の子も、踊れば、愉しく、夢の中に、入る事はできますよ〜！」

抑揚のある、声で。歌うように、声を漏らす。

〈真白〉
「仮想をするには、毎日、踊っていかなくちゃー！！」

〈咲哉〉
「でもさ、あいつ、絶対馬鹿じゃ、ないじゃん。」

〈育乃〉
「へぇ、其れは面白い。実際、頭良いんだよ、あの人。」

〈愛生華〉
「ははは…、あの子は、可愛いよ、本当にね。何か、ほっとけないんだよ。」

愛生華は、真白と二人で、行かなきゃいけない場所もあった。

其れは、近日中に。

一科、担当の。

真由美先生のもとへ。

〈愛生華〉
「うわ、海、海が萌える様に、青いよ！」

〈咲哉〉
「あー、まあ、とりあえず、あの場所から、蜜柑を買って、公園で休みながら、食って、山へ迂回で良いの？」

〈育乃〉
「蜜柑？」

〈咲哉〉
「売ってんじゃん。」

咲哉が、左前方を見ると、確かに、何時からあるのかわからない、小さな売店がある。

何か、複雑な歴史を感じさせる。

〈売り子〉
「初めまして。」

〈愛生華〉
「いくつか、貰えますか？」

〈売り子〉
「あぁ…、これは珍しい。色々、持っていくといい。廃棄するのは、難儀だ。」

売り子は、軽い笑みを浮かべながら、蜜柑を握る。

年齢が、はっきりと掴めないが、表情が少し硬そうな、落ち着き払っている、農園の男性だった。

〈売り子〉
「勿論、近隣で分け合っている。」

〈売り子〉
「だが、なかなか、人が来る訳でもない。資格を得た上でやってる、だから、生活には困らない。」

〈売り子〉
「その資格が、有意義である為には、君達が必要なんだよ。」

〈育乃〉
「小父さん、独り言はいいよ。蜜柑はもらったし、できれば、名前を知りたいけど。」

〈売り子〉
「…何年も、此処で戯れていると、名前も定かでは…な。」

決して、躊躇わずに、言った。

〈売り子〉
「私は、伊豆の踊子だ。」

〈咲哉〉
「へえ、少年の心が、あるよね。」

咲哉が、ちょっと、遠くを見ていた。

海岸は、見晴が良く、海が輝いている。

愛生華が、蜜柑がおいしいと感心しながら、顔を紅潮させて、息を上げていた。

〈育乃〉
「これは、暑い。」

育乃くんが、シャツを脱いで、上半身を裸体にする。

〈育乃〉
「この季節になると、この地域は、局所的に暖かいや。」

〈愛生華〉
「御免ね、私、水浴してくるよ…。」

〈咲哉〉
「だらしないから。汗かくと、気持ちいいし、もっと地球に、愛されれば、…良くない？」

〈育乃〉
「愛されまくって、恍惚とした表情で死ぬんですか、僕らは？」

育乃くんは、裸の上半身を弾ませながら、微笑を湛え、軽く睨みつける。

鎖骨が、愛らしい。

〈咲哉〉
「え〜と、何だろ。寒い所は、寒すぎで、暑い所は、暑いから、まあ、多様化してるわけ。大八洲は、深く想われてんじゃん。」

〈育乃〉
「御名答。」

御名答、とは、よく聞く科白。

直感的な発想や、間を得た回答に返す、科白。

空気に合わせた発言は、条件反射的な受け答えは、人間の機械化。

でも、人間は、深慮する人間でありたい。偏見を捨象した。

〈愛生華〉
「其れなら、こんどは、私の体液で、海を愛してあげるけど。」

愛生華が、無邪気に、海を遊弋する。大きく、手を振り上げて、言った。

もっとも、耐水性のある服は、着たままだが。

〈育乃〉
「可愛いー！」

育乃くんが返す。

〈愛生華〉
「あはははは！　ありがとー！」

〈咲哉〉
「幸せな、俺たち。神話！」

〈育乃〉
「だーかーらー！　咲哉も、脱いだら？　……脱げ〜！」

育乃くんが、ちょっと、苛烈に迫ったり。

〈咲哉〉
「わかった、わかったよ、馬鹿！　エスを抑圧しているのは、精神的童貞なんだろ！　そういう意味なら、童貞、最悪だからな！」

其れを、遠くから見ていた、愛生華が、息を荒げながら、岩浜に上がった。

全身を濡らして、太陽に照らされ、覚醒の度合いを強めている。

〈愛生華〉
「ははは、すごい、すごい！　やっぱ、愛すべき事が、リアルだよね！」

本気かどうか知らないが、咲哉が応える。

〈咲哉〉
「虚妄を粉砕すればいいのか…？」

…その後。

三人は、バスに乗車し、禿山に向かった。

禿山の麓から、少し離れた所に、桜が芽吹き始める、公園があった。

〈愛生華〉
「へえ、桜色に染まるね。冬の中頃になれば。」

〈育乃〉
「二月の、中頃になればね…。」

一月から、三月が冬。

四月から、六月が春。

七月から、九月が夏。

十月から、十二月が秋。

人は、冬の暁に生まれ、五年毎に、一ヶ月、齢を取る。

零歳から、四歳が、一月。

五歳から、九歳が、二月。

十歳から、十四歳が、三月。

十五歳から、十九歳が、四月。

二十歳から、二十四歳が、五月。

二十五歳から、二十九歳が、六月。

三十歳から、三十四歳が、七月、というように。

五十五歳から、五十九歳が、十二月であり、六十歳の還暦を迎えて、再び新年に、生まれ変わる。

そして、また春がやってくる…。

生育と繁殖の春を迎えて、十八歳から、十九歳へ駆ける、彼らは。

この世界が愛おしいという事を、この覚醒の春に。是が非でも、
記憶に留めてほしいのだ。

中原の天朝に、唐代の詩人は、詠唱する。

一春眠、暁を覚えず。

春の夢からは、なかなか覚めてはくれないが。

夢を追う、真の若人は。

だが。

だからこそ、春を知る者は。

私たちが生きる世界の命題を。

この命の何たるかを。

酷暑の向こうへ、遺すのだ。

だから。

その白詰めの草を、食む時さえ。

慈しんでほしい。

春は。

其れが、春だから。

〈愛生華〉
「ねえ、知ってる。」

〈咲哉〉
「どうか、した訳？」

ちょっと、疲れたのか、少しぶっきら棒に、咲哉が応えた。

愛生華は、汗ばんだ肌に、海を水浴した際の、潮の香りが漂っている。

まあ、全く臆すところは無いし。

育乃くんだって、後ろから、何処か見とれてる、…か？

〈愛生華〉
「はい！」

そういって、愛生華は、濡れた肌を、指先で掬い取ると、咲哉の顔面に突き出した。

〈愛生華〉
「本当に、有難う！　だから……どうぞ！」

咲哉は。

珍しく、大きく、瞳孔を開いて。

少し躊躇いながらも。

愛生華の指先を咥えた。

食んだ、指先は、白詰めの草のようで。

〈END〉

第二章

Here and Everywhere

第一節

In Dream, Tenderness come back by far away.

第二章 第一節 第一項

天い、心優しい声で、お姉ちゃんが聞いてる。

裸で、僕を見つめて、聞いてる。

てのひらは、前を向いていた。

〈志乃〉
「どうして、なの？」

〈志乃〉
「どうして、いらない子なの？」

〈志乃〉
「お姉ちゃん、悲しいよ…。」

内心、複雑だ。

明るく、元気なお姉ちゃんは、何も考えていないように見えて、僕の心の闇を覗いているんだと思う。

快楽に耽る、お姉ちゃんは、多くの言葉を諭すより、僕の悲しみを救うんだ。

たくさん本を読んだけど、この人には敵わない。

時々、虚ろな目をして、僕の考えている事を言い当てる。きっとこの人は、僕を確かなものにしてくれる。

〈志乃〉
「どうしたの。」

お姉ちゃんが聞いてる。

〈志乃〉
「せなか、大きくなったね。」

〈志乃〉
「何も考えなくていいからね。お姉ちゃんに天(あま)える、天(あま)える。もっと天(あま)える。」

なんて言うか。赦されるとか、そういうのじゃないよな。

生きている間､心の底から満たされている感じ｡何なんだろう？
この想い。

ある意味。

遠い昔に、愛されなかった僕は、そんな風に思うよ。

〈志乃〉
「赦されなくていいから、狂っちゃえ。」

〈悠馬〉
「そんな、優しい声で、そんな、事、言って…。」

〈志乃〉
「悠馬君の嫌いな、悠馬君は死んじゃえ！」

向日葵のような笑顔で、お姉ちゃんは言った。

お姉ちゃんが、震えた声で言ってる。

まるで、僕の心が其処にあるかのように。

〈志乃〉
「お姉ちゃん、優しい気持ちになってしまった。」

できるだけ、毅然と。淑女らしく。

〈志乃〉
「おいで、なさい。」

〈志乃〉
「好きだよ。」

—遠くから、見ていた。

寒かったから、吐息は白かった。

其れとは、別の理由で。

私は逃げ出したよ。

私は、個室に篭って、世界を愛した。

こう見えても、結構頭が良かったりする私は、回りくどくて、難しい言い回しを、好んで使っていた。

ある日、お姉ちゃんが怒った。

〈志乃〉
「駄目よ。其れじゃ、何もわからなくなっちゃう。」

〈志乃〉
「心を、開いてごらん。できる？」

〈綾乃〉
「男の人は、嫌い。愛する事は大切だけど、私は優しくなれないよ…。」

〈志乃〉
「皆、血が繋がってる…。」

〈綾乃〉
「親族とだけ、ね。」

〈志乃〉
「ううん、皆、繋がってるの。」

お姉ちゃんは、微笑んだ。

〈志乃〉
「綾乃。赤ちゃんができるのは、何故？　血が繋がっていないなら、赤ちゃんはできないよね。受精の仕組みは、もう知ってる？」

〈綾乃〉
「そんなの…知ってる。」

次は、少し、厳しい表情で。

〈志乃〉
「綾乃。もっと賢くなる…。」

その日から、色んな事があったけど。

あの日、先生も来て。

あの日から、更に進んだけど。

細胞の分裂も。

唾液の分泌も。

黒い髪が、伸びていく事も。

同じように、私の知覚も。

次々と変換されるけど。

日々、奪われて生きている事を、知っていれば。

心が熱いね、悠馬。

私自身も、変換されて。

私は、何時か死ぬけれど。

私は、どうしてか、嬉しいよ。

第二章 第一節 第二項

この世界は悲しい。

この世界は悲しい。

この世界は悲しい。

何度だって、言ってやる。

この世界は悲しい。

だから、いっぱい愛し合って生きたかった。

幸せになるには、其れしかないんだ。

あったかいんだよ。

お姉ちゃんと、一緒にいたいよ。

だからね。僕を殺さないで。

〈？〉
「先生の先生の日誌には、こう書かれていた。」

〈？〉
「私は、其れを見てしまった。」

12/29/2XXX
世界規模の中間層が形成され、世界は安定した幕藩体制に移行しつつある。

不安定な多極は解消した。

(中略)

破壊を前提とする資本の増殖は、星体生命体の放棄を前提としたが、半世紀前の決定は、我々の物的生産能力を楽観視し過ぎた。

知的生産能力による、脳内の開拓前線は、『情報』なる脳内資本の利用を前提とした為、新しい資本統計を必要とした。

故に『ｗｗｗ』なる、市場が必須であった。

無論、市場の資本は調査されている。『情報』なる資本に対し、『神経伝達物質』が、生産に該当する。消費とは、生命体の『行動の軌跡』である。

自然科学とは、情報経済学とも言える。

情報経済学の発達により、我々の悲願である劣者の『従属』は『洗脳』へ、更に『人的資源』へと進化した。

新市場の人的資源は、人的資源であるが故、旧市場で加工される。

(中略)

私は情報経済学を探求したが、このやり方に強い疑問を持った。

（中略）

旧知の人間が、非武装交戦を掲げ、一切の凶器を持たずに、人の悲しみを最終兵器であると解釈し、世界を冷めた目で見ていた。

愛を知る者は、自ずからは勝たぬが、決して負ける事なく、敵の焦燥を見届け、敵の自壊を見守り、新しい扉を開く。

無為と、傍観に徹せ。

〈？〉
「こんな事、わからないし、知らない。」

〈？〉
「興味がない。」

〈？〉
「でも、次の言葉が目に留まった。」

悠馬は面白い人間だった。

(中略)

最近の若者は、とても可愛らしく、優しく、神話の日本を見ているようだ。

私も、生まれるのが早過ぎた。悔やまれる。

だけど。

彼は、未だ、悲しみの中にある。

私は、彼の中に、若い私を見た。

だから、彼を突き放した。

彼は、良くもないし、悪くもない。

自然科学は、全て合理的だから。

彼は、遠い森に、流そう。

遠い森は、地図にはない。

Hindu
Judaism
Islamic
Jain
Atheist
Native American Sun
Jainism
Bahai
Ayyavazhi
Paganism
Menorah
United Church of Christ
Communist
Native People
Shinto
Christian
Taoism
Jain
Horn of Odin
Ankh
Unitarian Universalism
Humanism
Sikhism
Buddhism
Wicca
Christianity
Trident of Shiva
Tenrikyo Church
Cao Dai
Confucianism
Orthodox Cross
Paganism
Satanic Cross
Chi Rho
Eckankar
Aaronic Order Church

其処に、彼女が待ってる。

メモ
志乃／綾乃
インストール情報／参考／姉妹

〈？〉
「私が、お兄ちゃんというか、先生に同情したという訳ではなく、恐い事が書かれていたからだ。」

〈？〉
「私の名前、綾乃。」

〈？〉
「私は、何処にいるのか。」

〈？〉
「遠い森にいるのか。」

〈？〉
「私には、その自覚がない。」

〈？〉
「私は、志乃、だったか？」

〈？〉
「なら、先生はお兄ちゃんじゃなくて、悠馬君だよね。」

〈？〉
「あっ、なんか優しい…。」

〈？〉
「………。」

〈？〉
「わ、わた、しがい、て、」

〈？〉
「でも、ちゃんと手も握って、その触り心地も、覚えているのに。」

〈？〉
「おね、ちゃ。」

世界には、たった一つ、確かなものがある。

たった一つ、しかない。

其れを語るお話の、開幕。

第二章第一節第三項

明くる朝、春の日の頃。

私と、悠馬君と、綾乃はね。日向の海を望んでいたの。

日向の海は、優しくて、明るくて。何だか、見ていると、暖かい。愛しい。

夜明け前に、三人で座って東を望んだ。

裸だった。

〈綾乃〉
「お姉ちゃん。空が白い。」

〈志乃〉
「もうすぐ、かな。」

〈綾乃〉
「春先なのに、温かいね。でも、ちょっと寒いかな。」

〈志乃〉
「だって、裸なんだよ。海に入ると、少し温かいかな。」

〈綾乃〉
「海の向こうから、温かいものが、来る…。」

何だか、満たされるよ。とっても、優しい気持ちで、ドキドキ、してるよ…。

〈悠馬〉
「此処は、天孫が降臨した地だね。前、文献で調べた。あぁ、でも、こんな事調べないと知らないのは、僕だけか。」

〈悠馬〉
「天孫が何かはわからないけど、神道的な価値観は、きっと此処から始まったんだね。神道の聖地、日本の原風景…。」

悠真君は目を閉じて語り続ける。愛しさに惹かれながら。

〈悠馬〉
「男女が、愛し合ったら、天照大皇神が生まれた。アマテラスオオミカミって、何かな…。」

〈悠馬〉
「日本人の祖先が、天照大皇神なら、文明以前の世界で性のスワッピングが行われていた事が、アマテラスオオミカミなのかな？」

〈悠馬〉
「・・・其れなら現代の天皇は確かに天照大皇神の子孫だね…。」

可笑しな悠馬君は、独り言。何時もそうだけど、独り言が多いんだね…。ふふ…、赦してあげるよ。

少し、気の狂れた君も、何処かいいよ。

〈綾乃〉
「前にも一回、来たけれど、やっぱり裸なんだね。いいけどさ…。」

〈綾乃〉
「私は、オキシトシン＆バソプレッシン欠損障害じゃないから、意味もなく発狂しない。寧ろ、気持ち良いくらいだけど、やっぱりね…。」

〈志乃〉
「綾乃。もっと、優しく…。ほら、お姉ちゃんを見て。」

〈綾乃〉
「お姉ちゃん、あっ、かっこいい。」

私は、東の海に向けて、大きく素股を開いていた。

何だか、私は膣を通して、宇宙と繋がっているような錯覚を感じた。

優しいとか、温かいを通り越して、胸の奥が締まって、全身から体液が溢れる。世界に愛されると、体液が溢れる。

〈綾乃〉
「お姉ちゃん、イっちゃってる、別の世界にイっちゃってる…。」

〈綾乃〉
「幻覚を見ている人みたいだよ…。あーあ、美しすぎて、綺麗だねー。」

う、ん、ゆうまくん、みてる？

つらぬいて、いい？

〈悠馬〉
「お姉ちゃん、僕は此処にいるから、還っておいで、そらに還るのは、早いよ。」

〈綾乃〉
「そうそう、私、早く、アレ、したいよ。夜が明けてしまうよ。あはは。」

そう、今までのは、前置き。

スゴイのは、此処から。

〈志乃〉
「あ、あああ、う、ん？　そうだね、そうだね、良いよね、みんなで、いっしょは。うん、これからは、行こうよ。」

〈志乃〉
「はじめようか。」

皆で、海水と浜の砂を使って、泥を捏ねた。

いっぱい、泥を捏ねて、作った。

トロトロになるまで、泥を捏ねた。

何だか、悠馬君も綾乃も妖しく、笑っている。

うんうん、良い事だよね。

言葉は要らなかった。

三人ともわかっていた。無意識を汲んでいたよ。言い方を変えれば、そう、カミが宿った。

カミは、全てを見ている。私は、悠馬君と綾乃の内面を透視した。…光り輝いているね。

嬉しいよ…。

気がついたら。

可笑しな顔をして、体に泥を塗ってた。

悠馬君の、堅くて、華著な胸板に、沢山塗ってあげるよ。

〈志乃〉
「悠馬君、バラバラにされて、食べてほしいのかな。そんな、美しい体をして。」

〈志乃〉
「もう、包み隠さず、するね。私。」

〈綾乃〉
「愉しく、しようよ。泥が、オイルの代わりだから。」

全身に塗りたくって、私は悠馬君を押し倒した。

綾乃が、私の背中に抱きついて、じゃれてくる。

可愛いよ、二人とも。

私が、世界の中心なんだよ。

〈悠馬〉
「お姉ちゃん…、あ。」

〈志乃〉
「お口で想いを、伝え合ってね。」

死ぬほど、赦してあげるね。あっちの世界へ。

完全に、壊してあげるね。

〈志乃〉
「死んでいいんだよ…。」

私たちは、この世界を、たまらなく愛おしく思える力を心に持っていた。

愛し合ったから。

其れが、アマテラスオオミカミ、なんだね…。

必ず、心に、日は出ずるよ。

愛し合っていればね。

泥の付いた、体を自由に伸ばしながら。

〈志乃〉
「きっと、宇宙を覚えてる。」

泥まみれになって。

高くて、明るい声を出してた。

若しかしたら、私は遠くで、其れを見ていたかもしれない。

〈綾乃〉
「………………来た。」

〈綾乃〉
「春の日の、良く晴れた、白く霞む空に、来た。」

〈悠馬〉
「…見てるよ。」

焦点の定まらない目で、こう私は言った。

〈志乃〉
「眩しい閃光が、東に昇った。」

……………。

〈綾乃〉
「…………。」

綾乃が、泥を体から、滴らせて、私たちから、離れた。

綾乃は、ゆっくり上を向くと、海に向かって歩いた。

綾乃が、海に沈んで、膝の辺りまで、海水に浸かって、両手を開いた。

〈綾乃〉
「はあ、あ、はあ。」

〈綾乃〉
「あ、空気が冷たくて、気持ち良い。」

〈綾乃〉
「あ、はあ、あ、あ、あ、あ。…は、あ。」

〈綾乃〉
「穢れを、知らない、私……。」

〈綾乃〉
「世界で一番幸福な、私……。」

〈綾乃〉
「此処に、あるよ。」

空が青ざめるなか、戦慄した。

第二節

Worker and Mission, Heart full link.

第二章第二節

〈斯波〉
「語りたい事は多いよ。でもね、私ははしゃぎ回る子供では、ないからね。」

〈斯波〉
「あなたには、豊かさを感じるよ。」

〈真由美〉
「有難う、先生。」

私は、私。

私は、ある意味、真由美。

初老の紳士が、座っている。斯波先生と言う。

斯波先生は、学生時代の講師であり、明晰な賢人であり、国際社会に存在する評議会の、関係者の末席である。

『社会的事務』なる仕事は、親愛なる関係に優先しない。『社会的使命』としての、気の狂れた仕事は、親愛なる関係に優先する。

但し、其れができる人間は、多くない。

私は、どちらに恍惚とした、性愛を感じただろう。

ある革命家が社会変革に使命を見出し、その仕事を遂げる中で満たされた表情を、愛する人に抱かれているような、吐息を漏らした。

正直、私は、其れほどまでの仕事ができない。

私の仕事は、私自身を救済する、事務に留まり、使命に至らない。私は、親愛なる関係に、重点を置くべきだ。

脳内のセロトニンは、使命感であるから、誰にでもできる使命感を、思い返せばよかったのだ。

其れが、親愛なる関係であり、弱者に対する、慈愛と、救済と、訓育と、調律である。

私の世代は、冷めた目で外の世界を見て、内なる意識に燃えた。

斯波先生は、外の世界に存在する、先駆者である。

〈真由美〉
「あぁ、久しぶりだとは思うけど、先生は、そして私は、何故此処にいるのか、よくわからないですね。」

〈斯波〉

「君自身が、引き出しに入っていた。」

〈真由美〉

「可笑しな事を！」

〈斯波〉

「可愛い、言い方をするね…。」

〈斯波〉

「目を細めて、無垢な少女のように、笑っているよ。」

乙女が、縫い包みを抱く時のような、そんな思いでいたかもしれない。上目遣いに、先生を見ていた。

〈斯波〉

「解離、だ。」

〈斯波〉

「君自身、病識はあるはず。」

〈斯波〉

「でも、其れは悪い事じゃない。」

〈斯波〉
「ただ、私と会うまで、君は『真由美』を忘れていた。と、言うか、使う必要がなかった。」

〈斯波〉
「だから、何処にいたのか、わからないんだね。」

〈真由美〉
「………。」

私の、心拍が少し早い。

目を大きく、見開いて、何処かを見ていた。

でも、私は、現在の虚構内現実に、適応し、仮想現実をセットアップ（Set up）した。

私は、真、由、美、ま、ゆ、み。

まゆみ、みゆみ、まゆみ、あ、まゆみ、わたし、は。

私は、真由美。だった。

初老の紳士が、真摯な表情で、優しく笑っていた。随分と、余裕のある表情だ。

私は彼に、彼の無意識に、二百年前の英国を見ていた。

こんな、人生に確信を持った紳士は、三十年前の日本では、とてもお目にかかれないだろう。

私は、敬愛する事のできる人に囲まれて、幸せだった。壊れた母には、悪いが。

無表情な親は、子を殺すのだから。

〈真由美〉
「知って、ましたよ。当たり前、ですから、ね。」

斯波先生は、合槌を打っている。

ジェスチャーは、無意識を代弁してくれる。

右脳が未発達な大陸人は、ジェスチャーを多用する。

私たちは、其れほど、必要としない。

左脳に傾斜したが故、言語による不能領域を補う必要があった。

日本語は、世界の代表的な言語では、唯一、右脳を多用している。

妖魔や、悪鬼が見える。

式神を理解する。

無意識が、手に取るようにわかる。

はっきり、言わなくてもわかるのだ。

子の想い、も。

異性の、感情、も。

野蛮な、大陸人には、理解できないだろう。

大陸人が、理性的、合理的な考えを、私たちに開陳すれば、私たちは納得するかはともかく、理解する事はできる。

だが、大陸人は、私たちの情緒を、そもそも理解する事ができない。

右脳→左脳は、比較的簡単。

しかし、左脳→右脳は、不可能に近い。

演繹は、外部を理解する。

帰納は、外部を理解しない。

日本の昔話では、人と動物がお話をしたり、心を通わせて、ともに生きる姿が描かれている。

無意識を汲む事ができるなら、其れは、言語能力を、対象に必要としない。

動物は、人に奉仕する存在なんかじゃない。

機械すら、人に奉仕する存在なんかじゃない。

永遠に続く、円環のなかにいるのだから。

芸術の価値が普遍なら。

言語を利用した顕在意識は、時代ともに、大きく流れても。

人の無意識は、殆ど変わらないのでしょう。

〈斯波〉
「私も、色々と考えてるんですよ。」

〈斯波〉
「真由美さんは、何かを考えているようですね。私だって、そうです。」

〈斯波〉
「日本の茶道がそうであるように、黙ってお茶を飲んでいれば、理解できない人には不気味でしょう。」

〈斯波〉
「でも、私は、真由美さんが、其処に確かにあって、時間を共有しているという事の方が、掛け替えのないものです。」

先生は、笑った。

〈斯波〉
「時間の共有とは、無意識を共にする事ですからね。」

〈斯波〉
「謂わば、時間とは無意識です。」

〈斯波〉
「幾ら、時間を掛けてお洒落なデートを愉しんでも、二人の無意識が根底で共有されているかどうかは、疑問ですよ。」

〈斯波〉
「私の学生時代は、そういう人が多くいた。とても懐かしいですね。」

〈斯波〉
「君が、生まれる前だ。あの、御伽噺が始まったのは…。」

〈真由美〉
「先生は、二十世紀の生まれでしょう。」

私は、悪戯っぽく、邪推した。

〈斯波〉
「もう直ぐ、博物館行きですよ。今から思えば、酷い時代だった。」

冬の始まりは、何処か暖かな、喫茶を。

陽射しが、美しい風景を芳しく正した。

其れは、美しい風景を、私たちの眼差しが見ていた。

〈斯波〉
「いいかい。」

また、微笑んで言った。

〈斯波〉
「君達は、世界の厳しさを、絶対に忘れてはいけないぞ。」

〈真由美〉
「はい。」

そう、言った。

〈斯波〉
「本題だ。」

〈真由美〉
「何でしょう。」

〈斯波〉
「此処に書かれている事を、知っているか。」

一枚のノート。其処に書かれた、文字、は。

志乃　綾乃　悠馬

〈真由美〉
「はあ、成るほど。そういう事ですか。」

〈真由美〉
「…確かに、知ってますよ。」

〈斯波〉
「君が、何をしていたかは、具体的には知らない。だけど、君が何をしようとしているかは知ってる。」

〈斯波〉
「…別にいいよ。特別な事じゃない。」

〈斯波〉

「君自身、特別でもなんでもない。」

〈斯波〉

「君は、資格制終身雇用制度における、職務によって誘発された、一つの環境を構築しようとしているだけ。」

〈斯波〉

「評議会の一部がね、『ｗｗｗ』を主に利用して、君を観察対象にしていた。」

〈斯波〉

「この土地は、金融資本の直轄領じゃない。君は観察の対象で、人的資源じゃない。」

〈斯波〉

「勿論、私もだけれど。」

先生は、苦笑する。

妹を見るような、無警戒な表情で言った。

〈斯波〉

「大丈夫だよ。愛してる、愛おしいんだ。」

〈斯波〉

「君の想いを、戦場に送りたい。」

〈真由美〉

「何となく、その可能性は想定してましたよ。」

〈斯波〉

「誰が？」

〈真由美〉

「引き出しに入った、私がです。」

〈斯波〉

「この冬の課題だ。」

〈真由美〉

「そうですね。」

私は、タイトスカートに白衣の格好をしている事に気づいた。

第三節

I can be thinking as human,
Not little woman.
Selfish and alone.
Oh my God!
That is freedam. LOVE!

第二章 第三節

〈真白〉
「イャー！（Yay!）」

〈真白〉
「高等調律二年の私は、引き篭もってなんか、いられない。」

学園の校庭を、跳躍しながら、駆け抜ける私。

制服が、舞ってる。

〈愛生華〉
「もう、知らないよ。私、恥ずかしいんだから。」

〈真白〉
「んー？　暗い顔、してほしくないのになぁ。」

２０ｘｘ年生まれ、美しき冬に、十八歳の乙女なのですから。

こっちにいるのは、まぁ友達の愛生華で、色んな創作活動をやったりしてますよ。

私と一緒に。

勿論、創作の為に、私たちは調律関係で…。

あー、何だっけ？

〈愛生華〉
「謹慎期間が長すぎだよ。秋の間、ずっと謹慎なんだもん。必要以上に、興奮するなって、真白を見てると意味ないよね。」

〈真白〉
「まあまあ、其れだから、騒ぐのも愉しいんじゃない。意外と、私は本読んでた。」

〈愛生華〉
「えっ、嘘。」

〈真白〉
「記銘力調査では、学園ナンバー３だよ。忘れた？」

〈愛生華〉
「其れと、これとは…。何読んでたの？」

〈真白〉
「古典。」

〈愛生華〉
「古典かあ、何時頃のなの？」

〈真白〉
「正直、思い返したくないよ。悲しい時代の…。まあ、私も大人になりたくてさ。ちょっと危険を冒したっていうか。」

〈愛生華〉
「勇気あり過ぎだよ。私なんて、読んだらどうかしちゃいますよ。怖いなぁ。」

〈真白〉
「暗い顔しないでよ。妊娠した子に会わす顔ないぞ、愛生華。」

〈愛生華〉
「あはは…そうだね。」

私は、少し溜息を吐いた。

まずったか？

まあ、いい。

冬と春の登校は長い。

というか、夏と秋は、殆ど登校日数がない。

春に出会って、夏と秋に探索し、また冬に再会して、お互いの成長を交感する、だとか、なんだとか。

私と愛生華は、毎日会ってたから、ある意味特別な関係ですけどね。

実は、冬期初日の登校には、まだ早いんだけど、一科担当の教諭が私たちを招集した、というわけ。

…なんだろ？

〈愛生華〉
「でも、わからないよね。私たちなんて、平凡な学徒だよ？　普通、呼び出されるって、良い意味でも、悪い意味でもおかしい人だよ。」

〈真白〉
「うーん、言えてる。」

一科担当の真由美先生、つまり、まゆみんは、私たちをどうしたいのかな。

まっ、行けばわかるか。

〈真白〉
「あっ…。」

〈由樹〉
「あ、あぁ、こんにちは。」

〈真白〉
「いたんだ。おはよう、由樹くん。」

〈愛生華〉
「おはよう、由樹。」

〈由樹〉
「愛生華も？」

〈愛生華〉
「『もっ』て、何？」

これは、意外な人がいたなぁ…。

愛生華ちゃんは、ジェラシーかな、ふふ。

この娘の無意識には、由樹くんがいるのは、丸見えなのですからぁ。

〈愛生華〉
「あっ、真白。変な目で見ないでよ。」

〈真白〉
「はいはい。超能力はしまいますね。」

〈由樹〉

「何が超能力だよ。できなければ、最低の馬鹿だろ…。」

〈真白〉

「ちょっと、荒れてるねー。今の由樹くん。」

〈由樹〉

「御免。ふざけた人がいて、困ってたんだ。」

〈真白〉

「へえ、何時頃なの。」

〈由樹〉

「さっきまで。私たちを呼び出した張本人だよ。」

〈愛生華〉

「とりあえず、今の由樹は異様に興奮しているから、牛乳でも飲んだら。」

〈由樹〉

「本当に悪いね。でも、女の子から見れば、男なんて皆、欝だって。」

〈真白〉

「御名答。」

〈愛生華〉
「馬鹿な事ばっかり、考えてるからだよ。目の前にあるものをちゃんと見ないと、駄目だよ。そ、その、例えば、さ！」

何だか、由樹くんは少し考えた後、言った。

少し、微笑みながら、顔を歪めてる。

〈由樹〉
「自省能力があると言ってくれ…。」

〈愛生華〉
「馬鹿過ぎだよ。そりゃあ、昔の女は酷かったけど、今は違うじゃん。」

今度は、はにかんで言った。ちょっと、可愛いかも。

〈由樹〉
「本当に、可愛いね、愛生華。」

〈愛生華〉
「あっ、な、そんな。」

〈真白〉
「よかったね。愛生華。愛し合って、行くところまで、イっちゃえ、イっちゃえ。」

〈愛生華〉
「もー、恥ずかしい事、ばっかりー。」

〈由樹〉
「牛乳を飲まなきゃいけないのは、愛生華くんです。」

あーあ､頭を抱えて､愛生華ちゃんは､何を言っているのですか。

まっ、駄目な男の子は、みんな可愛がってあげないと。

私たちが、ちゃんと愛されるように。

〈由樹〉
「三年になったら、どうするの。」

〈真白〉
「まだ、四年じゃないよ。」

〈由樹〉
「そうだけど。給付金の７８０００円で生活する家畜にはなりたくないからね、私は。」

〈真白〉
「由樹くん、学府には行かないの。」

〈由樹〉
「行ってもいいけど、通い詰めるのはね…。学外に専念すると思う、若し、行くなら。」

ふふ、笑っちゃうな。

酷く、深い考えを感じるからね、君には。

ん？

愛生華ちゃんが、拗ねた目で見てるぞー？

〈愛生華〉
「私は、自由な時間が、大切だよ。暫く、収入ゼロでもいいもん。」

由樹くんが、駄目な子を見て、これ以上ないくらい苦笑している。

〈由樹〉
「おまえ、すごいよ。」

〈愛生華〉
「二十四時間、フルに使って、好きな人と、一緒にいるのがいいもん。不可能じゃないもん。」

暫く、由樹くんは無言で、そして、言った。

〈由樹〉
「でも、そういうの、悪くないよ。愛生華、駄目な子だけど、きっと幸せになる。」

〈愛生華〉
「駄目な子は、余計だよ。」

はあ、溜息が出るね。

其れでいて、気分が高揚してるんだ。

私は、…どうしようかな。

できたばかりの自律共同体で、服でも売ろうか。

お洒落が好きな、私は。

小さな街の、人の笑顔を一身に集める、知性になろうか。

可愛い服を、作って売る、私は。

其れなら、優しくて。

独りでもいいかなぁ。

第四節

My group is thinking.
So I am teacher of teacher.
I can take me higher.
My name is Mayumi.
Thank you.

第二章第四節

〈真由美〉
「まあ、結論から言うと、そういう事になるかな。」

まゆみん、いや、真由美先生は、優しく、理解のある微笑みを湛えて、言った。

言葉に棘なんて、ないし、あくまで、愛しい謂いだったよ。

なるほど…、現代演劇表現をしてほしい、と。

現代演劇表現とは、半世紀前頃から一般化した、コスプレの系譜を汲む、表現の事。

何かになりきって振舞う、というのは、解離する努力の事。

だけど、当時の自然科学や、神経工学の水準だと、成りきったといっても、本当の解離には、程遠いものだったみたいだけど。

ただ、未発達だった精神医学を考慮する事ができれば、十分解離そのものを理解する事は、できたみたい、まあ、私は知ってる。

解離性障害なんて言葉もあったみたいだけど、社会科学が自然科学の下位に位置する事が、意識されてなかったんだね。

人の意識は、自然科学的には合理的。

合理的な意識を前提に、社会科学を設定すれば、解離は、基本的には障害にはならない。

気に入らない奴を、人の都合で社会的に葬る為に、障害だとか、病気のレッテルを貼るのは、ある意味、横暴だと思う。

今は、そんな時代じゃないけど。

〈愛生華〉
「えーと。その、質問いいですか。」

〈真由美〉
「なにかな。言ってみてくれる。」

〈愛生華〉
「あー、何で私たち三人なんですか。」

〈真由美〉
「何故だと、思う。」

〈真白〉
「私たちは、選ばれし者だから！」

〈愛生華〉
「嘘でしょ、其れは？」

自分でも、ふざけた表情で言ったよぉ。

〈真由美〉
「あのなぁ…。そんなわけない。」

〈真由美〉
「でも、その謂いは、全く間違ってる訳じゃない。ある意味、正しい。」

〈由樹〉
「どっちなんですか…。」

〈真由美〉
「その演劇を行って、一番幸せになれるのが、君たちだから。」

〈真由美〉
「其れが、解答。」

何とも、説得力があるお返事ですね、先生。

〈真由美〉

「私は一科の教諭として、学徒の生態を観察している。君たちの人間関係、そして無意識も、可能な限り、知り尽くしているつもり。」

〈由樹〉

「随分な、自信ですね。」

〈真由美〉

「まあね。できなければ、退くか、教えを請う。私は、馬鹿じゃない。」

〈真由美〉

「秋季の謹慎期間中、愉しかったかい。」

〈真白〉

「ずーっと、作曲してました。課題の現代文を、死ぬほど、読みましたあ…。」

〈愛生華〉

「私も、真白と一緒に、色々創作を…。燃え尽きるってあの事ですよね。」

〈愛生華〉

「あとは、遠くに出掛けてましたね。」

〈真由美〉
「へえ、何処に行ってたの？」

〈愛生華〉
「…禿山、です。」

〈真由美〉
「其れじゃ、わからないわ…。でも、『遠くに行った』のだから、君に強い熱意を感じる。良い事だ。全く、羨ましい。」

〈愛生華〉
「まあ、間違ってはいません。」

〈真由美〉
「君達は、創作を共有しているという事は、調律関係という事なのかな。」

〈真白〉
「愛し合ってますよ。」

まあ、私は真顔で言ったね。

〈真由美〉
「愛し合っていなければ、創作を共有する事は不可能だ。だから、其れは当たり前。」

〈真由美〉
「…深く、愛し合っているか。」

〈愛生華〉
「………。」

これは、これは。

別に変な事ではないし、愛生華も、躊躇ったりはしないはずなんだけど、由樹くんがいるんじゃなぁ。

〈愛生華〉
「私は、周りの人が皆大好きなんです。だから、そうにきまってるじゃないですか。」

おお！

言ったな！　言ったな！　愛生華ちゃん。

〈由樹〉
「………。」

決まりの悪い顔をしているのは、由樹くんだったりしてね。

こっちを、向けば、良いのに。

〈真由美〉
「創作を共有するのは、意外と男性が多い。」

優しく、先生が言ったよ。

〈真由美〉
「そんな中、君たちは、何処か微笑ましい。」

〈真由美〉
「色んな方法で、お互いの想いを伝えあうと良い。其れが調律だ。
可能性は、大いに開かれている。」

先生は、視点を変えた。

〈真由美〉
「由樹くんは、何も語らないのか。」

〈由樹〉
「私は、本を読んでいただけです。」

〈真由美〉
「今の君に、何処か閉鎖的な感覚を私は感じる。」

〈由樹〉
「年上の女性は、苦手です。」

〈真由美〉

「結果には、原因がある。」

〈真由美〉

「私たちは野蛮人ではない。年上の女性にまともに振舞う事ができないなら、其れは何処かで受け入れられなかったという事。」

〈真由美〉

「つまり、『年上の女性』に該当する、何らかに。」

〈真由美〉

「勿論、私かもしれない。」

〈真由美〉

「君は、現実に適応しようとして、『年上の女性』に対する感情を、不当に抑圧してる。」

〈真由美〉

「ただ、冷静になって考えてほしいのだが、君の考えている現実は、本当に現実だろうか。」

〈真由美〉

「君は情けなく思うかもしれない。」

〈真由美〉

「君は、抵抗を示すかもしれない。」

〈真由美〉
「だが、君が望むなら。」

気位が高い、真由美先生は、何だか満たされた表情をして、言った。

腕を開いた。

〈真由美〉
「真由美お姉ちゃんは、何時でも、抱っこしてあげるよ。」

〈由樹〉
「甘えたくなんかないです…。」

〈真由美〉
「そうか。」

腕を閉じた。

〈真由美〉
「まあ、いい。」

〈真由美〉
「君の不当に抑圧された感情、つまり『エス（自我の欠損）』は、
ないのかもしれない。」

〈真由美〉
「あるなら。」

〈真由美〉
「其れは、彼女たち二人がしているように、創作の原動力になりうる。一概に、否定できない。」

〈真由美〉
「でもな、天えたい時は、たくさん、天えるんだぞ。」

〈真由美〉
「先生は、天えられると、嬉しい。」

〈真由美〉
「いっぱい天えて、優しい気持ちで満たされて、先生の事を好きになってくれなかったらね。」

〈真由美〉
「先生の言いつけを、聞く事ができないだろう。」

〈真由美〉
「天えられなかった子は、可哀想だ。」

〈真由美〉
「その子は、親の言葉を、真剣に聞けない。」

うーん。やっぱり、この人は、格好良いや。

本当に頭が良いって、こういう事なんだろうなぁ。

愛生華なんて、涙ぐんでるじゃないか。良い話だ……。

そう思ってたら、由樹くんが言ったじゃないか。

〈由樹〉
「有難うございます。」

〈由樹〉
「私は、…僕は真由美先生が好きです。」

〈由樹〉
「だから、その、僕に色々教えてください。先生は怖くないです。
御指導、宜しく御願いします。」

〈真由美〉
「まだ、二年以上ある、ゆっくり行こうよ。」

〈由樹〉
「はい。」

〈真由美〉
「まぁ、なんだ。学内で栽培した茶葉がある。」

〈真由美〉
「ちょっと、寛ぐべきだな。」

何だか、一仕事終えたような表情で、溜息を吐くと、まゆみんは、席を立ったよ。

私は、する事ないなぁ。

と、いう事は、子供なんだな。

背伸びしてもしょうがないけどさあ。

大人の女性に、恋焦がれちゃいますから、ね。

〈真由美〉
「恐ろしく単純化すれば、アセチルコリンを増幅して、覚醒だ。当たり前だが。」

〈真由美〉
「美味しいんだぞ。」

〈真白〉
「どうもー。」

笑顔で私は受け取った。

愛生華ちゃんは、両手で大事そうに。

由樹くんは、片手で、しっかりと。

受け取った。

〈真由美〉
「私もある事情があって、覚醒する必要があったから、レシチンなんかを、大量摂取したんだが。」

〈真由美〉
「かなり覚醒してる。正直、漫画も見易くて良い。」

〈真由美〉
「其れは、まあ、置いといて。」

〈真由美〉
「実は、由樹くんには大体話して、恥ずかしがってはいたんだが。」

〈真由美〉
「現代演劇表現の内容だ。」

〈愛生華〉
「解離する、対象ですね。」

〈真由美〉
「そうだ。まあ、君たちの世代は、日常的な解離を行っているから、そんなには難しくないんだが。」

〈真由美〉
「とりあえず、解離を円滑に進める為に、ちょっと認知能力を、一時的に弱めてもらう。」

〈真由美〉
「その上で、解離する対象に、強い愛情を感じてもらい、特殊な方法で記銘した内容を、演じるだけだ。」

〈真白〉
「特殊な方法って。」

〈真由美〉
「君たちの、無意識に刷り込む。其れ以上は、言えないな。」

まぁ、私たちは、本格的にした事がないから、わからない事だらけなんだけどね。

何だか、由樹くんが気を逸らしているような…？

〈真由美〉
「えっちな事もするよ。」

〈愛生華〉
「えっち、ってなんの事ですか？」

〈真由美〉
「あぁ、悪い。この言葉は、死語だったな…、全く。」

〈真由美〉
「深く愛し合う手段として、身体的な表現を伴う、と言えば、いいのか。すまないな、私も齢を重ねた。」

〈真白〉
「えっち、って聞いて、内心焦りました…。」

〈愛生華〉
「え、どういう事。」

〈真由美〉
「其れは、そうだろう。えっち、という言葉は、受精の有無が曖昧になっている。確かに、冗談ではない。」

〈真由美〉
「愛し合う事なら、言葉を使ったり、時間、つまり無意識をともにするとか、其れから…。」

〈真由美〉
「食事や清掃を共同で行ったり、調律関係を意味するのだから、
誰もがやってる。」

〈真由美〉
「受精の有無は、其れとは全く別の事だ。」

〈真由美〉
「恐ろしい時代も、あったもの…。」

〈真由美〉
「君たちは、貞操体をつけているだろ。」

〈真由美〉
「妊娠を防ぐ為だ。」

〈真由美〉
「膣の奥に入ってるだろう。」

〈真白〉
「？」

〈愛生華〉
「？」

〈真由美〉
「あぁ、悪い。こんな当然過ぎる事を、訳有りの表情で言ったりするから、齢がばれる。」

〈真白〉
「あれ、其れにしては、先生はお若く見えますよ。」

先生は案の定、迅速に、話題を切り替えて。

〈真由美〉
「私が少女だった頃、貞操帯は一般的ではなかった。」

〈真由美〉
「しかも、治安が、まだまだ悪かった。」

愛生華が、驚愕の表情を浮かべる。

〈真由美〉
「若し、夜間に襲われたら…」

〈真由美〉
「受精と愛し合う事の区別がついていないお馬鹿さんが、まだ大勢いた。えっちが死語になったのも、当然だし、好ましい事だ。」

〈愛生華〉
「え、えっちなのは、いけないとおもいます！」

〈真由美〉
「君たちの同世代は、思慮深くて、愛を正確に理解する男性ばかりで、羨ましい。本気でそう思うよ。」

〈由樹〉
「お、お茶をいただけませんかね…。」

由樹くんは、躊躇いがちに、言った。

〈真由美〉
「日向に行く。」

〈真由美〉
「向こうは、春だね。」

〈真由美〉
「ううん、そんな事よりね。」

〈真由美〉
「地球で、一番美しいところなんだよ。」

先生は、目を細めた。

先生は、解離して、少女になったの？

第五節

Earth don’t hate claim.
As Earth is Mother.
But human say it.
If it’s fact, Are we forever ?

第二章 第五節

〈？〉
「う、んん。」

目の前に、卑屈に笑っている私がいて、全く動かない。

背景は、パステルカラーの、星空？

明るすぎて、能天気すぎて、不気味。

早口で言ってる。少しだけ、低い声。

〈？？〉
「本格的に、身体的な性愛を行うのは、久しぶりだったよ。」

〈？？〉
「体を使ったセックスをするのは、小学生の性愛の授業以来だった。」

何かな、これ？

怖いよ、怖いよ。

〈？〉
「恥ずかしい、よ。」

〈？〉
「んん、んん。」

また、早口で言ってる。

〈？？〉
「恥ずかしいのは、信頼を裏切るからなんだ。」

〈？？〉
「何の信頼を裏切る？」

〈？？〉
「そういう事をしちゃいけないんだっていう、信頼関係はあったっけ？」

〈？？〉
「あったような気もするし、なかったような気もする。」

〈？？〉
「でも、正しくはなかった。」

〈？？〉
「でも怖いのは、ね。」

—急速な意識の収束、深い暗闇に堕ちて行くような、音もなく、ゆっくりと堕ちて行くような…。

—同じ音が、反復する。明るくて、能天気な音。だから、怖かった。

—そして私は、悪夢を見た。

—音に不似合いな、事務的な口調が続く。

あまりに幼い、身体的な衝動（ムシ）は、姦淫に堕ちる可能性が、無視できないほど高い、という事。

性愛は、相手の無意識を見て、優しい気持ちで、悲しみを埋めてあげる。

難しい言葉だと、『アニマ（抱擁心理）』が『エス（自我の欠損）』を埋めるという事。

抱擁心理が、受け入れられなかった悲しい記憶を埋める。

其れは、男女の差は、本質的には関係しない。

その方法は、無数にある。

身体的な性愛は、その一手段。

でも、知っておかないと。

私たちには、『不可避なエス』も存在するという事を。

『エス』、つまり、満たされなくては、壊れてしまうもの。

『エス』、再統合を志向する、衝動。

『不可避なエス』、獣的な欲望、一般。

食欲は、常に生理的な再統合を、志向する。

人は、その不可避な衝動から、逃れられない。

少なくとも、幼少の頃は。

衝動は、性愛（スキ）とは違う。

衝動は、常に身体的な再統合を、志向する。

其れは、身体的な再統合であり、精神面を一切含む事がない。

人は、その不可避な衝動から、逃れられない。

知恵のない、人間は。

だから、従って、衝動に染まった人間は、性を、不可避な衝動の対象としてしか、見れない。

或いは、自らの『アニマ』を以って、対象の『エス』を補完する、『慈悲（肉）』ではなく、別のものを志向する。

其れは、対象の無意識を汲む事ができない為、自らの『エス』を補完する為に、殺伐とした行動を繰り広げる『無視（虫）』になる。

つまり、無意識を汲む事ができない人間は、対象と無意識を一体化する事ができない為、『慈悲』に快感を覚えない。

無意識を一体化する人間は、対象の喜びが、自己に遡及し、対象の悲しみが自己に遡及する。

ある意味、妄想能力を発達させた人間は、妄想の対象に、無意識を感じる。

其処に、喜怒哀楽を感じる事ができる。

私たちは、少なくとも、君の無意識に刷り込まれようとしている私は、禁欲論者ではない。西洋の聖職者ではない。

気持ちいい事が大好きな人間だし、心地良い気分でいたいと思っている。性愛、はとても魅力的な概念だと思っている。

だが、断言する。

衝動は、絶対的に性愛に、劣る。

身体的な衝動も、身体的な性愛も、第三者的に観察すれば、殆ど同じ事をしている。

だが、無意識を汲んだ性と、身体的な統合を単純に満たす性は、全く比較にならない。

特に悲しい気分でいる時や、年老いて、ドーパミンの放出が弱まった場合、顕著だ。

要約する。

幼少の頃、不可避なエス、とりわけ欲、衝動に染まった人間は、『無意識が汲めなくなる』。

逆も正しい。

無意識が汲めない人間は、その記憶の内に、不可避な衝動が先行している。

結局、幼少の頃、衝動が性愛を圧倒した人間は、人として愛されなかったが故、人を愛せない。

だから、人を魅惑する。

だから、人を挑発する。

エスを増幅させる。

『慈悲』のない『無視』は、最終的に破滅が待つ。

ある種の例外を除いて。

〈？〉
「そんなの。は、やだよう。」

―妙な感覚と知覚が、私を解体していく。

―そう、悪夢の後、別人になったような…。

―其れとは、少し違うような…。

だから。

体を求めるのは、決して悪くはないのだから。

家族のように、慈しんで、求める。

尤も、君には、家族が理解できないか。

何度でも、求め合い、無限の思索を続ける。

その為には。

君の信頼関係を、一度完全に壊す。

—其処は、地獄。

—色んな光景が、スライドのように始まった。

—みんな、私を虐めてた。

—なんで、真白が、私をそんな目で見るの？

—真白？

—知らないって、何？

—なんで、私は一人なの？

—なんで、私は駅に一人いるの？

—なんで、私は帰れないの？

—なんで、私は、愛される価値がないの？

―お祭りなんて、知らない。

―おばさん、辛く当たるのは止めなよ。

―あっ、そうだ。

―由樹。

―由樹ちゃん。

―君は傍にいるよね。幼い頃から、共に育った仲だから。

―君だけは、一緒にいるよね？

―あれ、由樹？

―さよなら、するの？

―どうして、由樹がそんな事言うの？

―全然、わからないよ。

―私は、許せないよ。

―だって、由樹が好きだから。

次の瞬間、私は由樹を刺した。

由樹が悶絶してる。苦しそう。

助けてって、言ってるの？

私は、泣いた。

泣いた。

由樹の、血に体を染めていた。

次の瞬間。

最初見た、明るすぎて、能天気なパステルカラーの背景に、誰かの卑屈な笑顔が映っていた。動かない。

私は。

私は、こんな人知らない。

私は。

私は、刺された人の背中の後ろを追いかけていたのに。

刺された人は、幼い私に、綺麗な花を摘んでくれたのに。

もう、わからない。

もう、この人も何だったのか。

第六節

あなた、そなた、こなた、かなた。
人間がものだとわりきったときに、
天人合一ができる事、請け合いです。

第二章第六節

…………。

……。

〈愛生華〉
「…………。」

〈愛生華〉
「えっと、そう、だよね。」

〈？〉
「其れは､対象の無意識を汲む事ができない為､自らの『エス（自我の欠損)』を補完する為に､殺伐とした行動を繰り広げる『無視（虫)』になる。」

そんなの、そんなの、絶対嫌だ！

だから、私は。

〈愛生華〉
「家族のように、慈しんで求める。」

〈愛生華〉
「愛おしい…。」

〈愛生華〉
「私は、お姉ちゃんなんだから。」

〈愛生華〉
「…したい事するぞ。」

〈愛生華〉
「抱っこ…。」

私の表情は、何だか恍惚としていて、何かが壊れていた。

でも、何が壊れていたかなんて、わからなかった。

優しい気分で、いっぱい愛し合いたかった。

〈愛生華〉
「由樹くん、何処…？」

目は虚ろで。

心には、あの人を抱いて。

何故かはわからないけど。

私は、近くの寝室に由樹くんがいる事知っていたから。

お迎えに行ったよ。

〈由樹〉
「……あれ、どんな事してたんだろ。」

〈由樹〉
「僕は、なんなんだ…？」

〈由樹〉
「わかるわけないし、わかる必要もない。」

由樹くん、何を言っているの？

寝室のベットの上で、下を俯いて、不安そうな表情で、視線は定まっていない。

可哀想にね。これから教えてあげるよ。

〈由樹〉
「あ…、知って、いや、知ってない？」

〈愛生華〉
「どうしたの？　由樹くん。」

〈由樹〉
「あぁ、あ、そうなんだよ。わからなくて、本当に色々わからなくて、困って、あなたは、僕を、どうするの…。」

怖い顔を、しちゃ駄目だよ。

お姉ちゃんは、悲しいよ…。

でも、おびえる由樹くんの命運の握るのは、私。

うんうん、そっかあ。

由樹くんは、こんなに頼りなかったんだあ…。

なら、今度は、私に頼っておいで…。

〈愛生華〉
「私は、由樹くんのお姉ちゃん。愛生華なんだよ。」

〈由樹〉
「………？」

由樹くんは、穏やかな口調で言った。

〈由樹〉
「お姉ちゃん、お姉ちゃん？　僕にお姉ちゃんがいたの？　本当に、僕のお姉ちゃんなの？　僕に優しくしてくれるの？」

あれ？

なんだろう？

私は、胸の奥が熱くなった。

〈愛生華〉
「そうだよ。世界で、一番優しいお姉ちゃんなんだよ。」

〈由樹〉
「………此処は？」

〈愛生華〉
「お姉ちゃんも、よくわからない。」

〈愛生華〉
「でも、したい事をすれば、いいんじゃないかな。」

〈愛生華〉
「今の由樹くんが、とても素直で、無垢な表情をしているから、何かそう思えたよ。」

mental steroids inc.
LOVE
boost attitudes of lust, attraction, and
attachment to human beings or objects
mental steroids inc.

〈由樹〉
「僕も、何処かでお姉ちゃんを、知ってた。」

えっ、そうなの？

〈由樹〉
「でも、殆ど何も思い出せない。」

〈由樹〉
「でも、僕が何処かで見たお姉ちゃんより、ずっと僕の深い所を知ってるお姉ちゃんだ。」

〈愛生華〉
「そのお姉ちゃんは、私と同じ人なの…？」

〈由樹〉
「…そのお姉ちゃんが、僕の隣で、お昼寝をしていたら、きっと同じだと思う。」

おいおい、なんなのかな。

でも、なんとなく、言いたい事はわかるよ。

〈愛生華〉
「じゃあ、本心を伝え合おうよ。」

〈由樹〉
「うん、お姉ちゃん。有難う。」

したい事は沢山あったけど。

一番したい事は、何か二人で考えたら、お風呂に入る事だったよ。

湯船に浸かった時は。

由樹くんが困っちゃたよ。

体の洗いっこもしたけれど。

やっぱり、手のひらで、お互いの洗顔をして
あげたのが、一番愛しかった。

〈愛生華〉
「由樹くん、ほら、愛しいんだよ。」

〈由樹〉
「あっ…、お姉ちゃんの手のひら、優しい…。」

〈愛生華〉
「ほら、私の手、すべすべで、ぬるぬるだよ…。」

〈愛生華〉

「手のひらの感触を、しっかり覚えていてね。」

〈由樹〉

「ん、優しい人だったんだね…。」

〈由樹〉

「じゃあ、僕も、お姉ちゃんの顔を洗ってあげるよ。」

〈愛生華〉

「えっ、其れは…。」

〈由樹〉

「いいから、遠慮しないで。」

由樹くんは、無垢な笑顔を浮かべた。

本当に、優しいんだね…。

由樹くんの手のひらは、何だか逞しい肌触りで、私は吐息を漏らしたよ。

〈愛生華〉

「由樹くん…。は、あ…。」

〈愛生華〉
「もっと、お姉ちゃんに、大切なお姉ちゃんの、傍にいてね…。」

〈由樹〉
「お姉ちゃん、此処、痒い？」

〈愛生華〉
「あっ、眉毛が、あっ、擦って…、あ…。」

でもね、その時。

由樹くんが、許せない事を言ったよ。

〈由樹〉
「でも、僕はこんな事して良い人間じゃないんだ。」

〈由樹〉
「僕は愛される価値がない人、なんだ。」

〈愛生華〉
「ふうん。」

私は、心優しく。

言った。

〈愛生華〉
「私は、許せないよ。」

〈愛生華〉
「本当に、許せないよ。」

〈愛生華〉
「だって、由樹くんが好きだから。」

天い、心優しい声で、お姉ちゃんが聞いてる。

裸で、僕を見つめて、聞いてる。

てのひらは、前を向いていた。

〈愛生華〉
「どうして、なの？」

〈愛生華〉
「どうして、いらない子なの？」

〈愛生華〉
「お姉ちゃん、悲しいよ…。」

内心、複雑だ。

明るく、元気なお姉ちゃんは、なにも考えていないように見えて、僕の心の闇を覗いているんだと思う。

快楽に耽る、お姉ちゃんは、多くの言葉を諭すより、僕の悲しみを救うんだ。

たくさん本を読んだけど、この人には敵わない。

時々、虚ろな目をして、僕の考えている事を言い当てる。きっとこの人は、僕を確かなものにしてくれる。

〈愛生華〉
「どうしたの。」

お姉ちゃんが聞いてる。

〈愛生華〉
「せなか、大きくなったね。」

〈愛生華〉
「何も考えなくていいからね。お姉ちゃんに天(あま)える、天(あま)える。もっと天(あま)える。」

なんて言うか。赦されるとか、そういうのじゃないよな。

生きている間､心の底から満たされている感じ｡何なんだろう？

この想い。

ある意味。

遠い昔に、愛されなかった僕は、そんな風に思うよ。

〈愛生華〉
「赦されなくていいから、狂っちゃえ。」

〈由樹〉
「そんな、優しい声で、そんな、事、言って…。」

〈愛生華〉
「由樹くんの嫌いな、由樹くんは死んじゃえ！」

向日葵のような笑顔で、お姉ちゃんは言った。

お姉ちゃんが、震えた声で言ってる。

まるで、僕の心が其処にあるかのように。

〈愛生華〉
「お姉ちゃん、優しい気持ちになってしまった。」

できるだけ、毅然と。淑女らしく。

〈愛生華〉
「おいで、なさい。」

〈愛生華〉
「好きだよ。」

—遠くから、見ていた。

寒かったから、吐息は白かった。

其れとは、別の理由で。

私は逃げ出したよ。

私は、個室に篭って、世界を愛した。

こう見えても、結構頭が良かったりする私は、回りくどくて、難しい言い回しを、好んで使っていた。

ある日、お姉ちゃんが怒った。

〈愛生華〉
「駄目よ。其れじゃ、なにもわからなくなっちゃう。」

〈愛生華〉
「心を、開いてごらん。できる？」

〈真白〉
「男の人は、嫌い。愛する事は、大切だけど、私は優しくなれないよ…。」

〈愛生華〉
「皆、血が繋がってる…。」

〈真白〉
「親族とだけ、ね。」

〈愛生華〉
「ううん、皆、繋がってるの。」

お姉ちゃんは、微笑んだ。

〈愛生華〉
「真白。赤ちゃんができるのは、何故？　血が繋がっていないなら、赤ちゃんはできないよね。受精の仕組みは、もう知ってる？」

〈真白〉
「そんなの…知ってる。」

次は、少し、厳しい表情で。

〈愛生華〉
「真白。もっと賢くなる…。」

その日から、色んな事があったけど。

あの日、先生も来て。

あの日から、更に進んだけど。

細胞の分裂も。

唾液の分泌も。

黒い髪が、伸びていく事も。

同じように、私の知覚も。

次々と変換されるけど。

日々、奪われて生きている事を、知っていれば。

心が熱いね、由樹。

私自身も、変換されて。

私は、何時か死ぬけれど。

私は、どうしてか、嬉しいよ。

〈END〉

結語

River in the Heaven.
Angel and Heart cross by ray.

結語

先日、お問い合わせを致しました。

行き成りでは御座いますが、私が今年の春の日に、美しく、温かい小布施の地を訪れ、深く心に留めました事を、あの明るい日が滴る正午、お食事した事も含めまして、お伝えしたく思い、筆を執ります。

私は、大学の四年次生になります。
本来、今年度で卒業見込みである筈なのですが、止まれぬ事情により休学し、私の卒業は、少々先になっております。
休学中、世間の雑踏から距離を置き、深く人を慮る気質を育んだせいでありますか、私はどうも、素直になり過ぎたようです。
先入観なく、世界を見ると、多くの事がわかり、人の浅ましさに呆れる事もありましたが、私は距離を置いていた為、人の悩ましき疾病に侵される事なく生きたようです。

復学を決意した頃、Natukage（夏影）という明るい歌が、何処か私の故郷の事を歌っているのではないかと、私自身、顔色を照らし、背を向けた故郷を、心の中で思い返しました。旧友が、微笑んでいました。
私は歌詞の想いから、童の頃、敬愛していました同級生が、この事を何か存じているのではないかと、連絡を取ろうとも思いましたが、何処か道を外れた私が、今更連絡をとっていいものかと、羞恥した冬の終わりでした。

その後、私が当時考えていました事より、連絡が匿名という形になってしまい、律儀な人は簡潔な質問であれ、いぶかしんで、私に返信をなさいませんでした。

私は、全てを忘れようとも思いましたが、五月の連休中、小布施を訪れます。

そんな時、何処か俗世と懸隔された、美しく、艶やかな女性と、安らかな、昔と変わらない小布施の駅舎で会ってしまったからか、私は不思議に思っている事に、答えを見たく思ったのです。

春が長く続き、漸く梅雨に入った頃、不躾な私の問いに答え、心当たりは全然ないと、携帯のメールに返しました。

私は、短い連絡の中で、何時の間にか疲れ切ってしまった私と、他人でしかない人を、私の勝手な思い込みから傷つけたという焦慮と、私への一方的な視線に対する胸の痛みを強く感じました。

あの小布施を、少年の眼差しで歩いた春の想い出は、まるで意味が変わってしまったかのようです。

優しい音色のCDは、何時しか恐ろしげに感じ、私は憎しみにさえ駆られました。

しかし、今はそう思いません。

その恐ろしさと、憎しみは、この世界に、景色という名の答えを見たかったからなのでしょう。きっと、説明できる答えがあるのだと、誰かの意図、誰かの優しさ、誰かが教えてくれる。確かに期待していました。

私は、独り暮らしを始め、遠い碓氷の峠の向こうで、家族と折り合わず、独り自省する日々を送ったせいか、赦し合える世界を求めていたのかもしれません。
結局、私が想ったのは、信州という天国でした。
七ヶ月ぶりの世界は、大きく変容し、私が幼い頃愛した、町の芳しい香りは、もう感じる事ができず、行政もなくなりました。同級生もいませんでした。

其れでも私は、ゴミ箱に捨てたCDを、拾って部屋に眠らせます。
私が期待した景色は見られませんし、人は変わり、しかも、そのようなCDが存在する理由すらわかりませんが、其処には世界を愛した気持ちがありますから。
温かい気持ちだけが、きっと変わらないのでしょう。

私の健やかさは、遠い記憶の彼方、もうあの場所にはありません。されど、対岸の小布施では記憶によく似た音色が響き渡っている。
この春の儚い想い出を、五月五日の正午へ奉ります。
そして、桜井甘精堂の皆様へ。

何時か、同じ地平に今もある、小布施にまた窺えればとおもっております。

2007年5月5日 丸山　輝道

付記

Truth makes you free.

付記

本文献の内容は、2007年の1月から2月ごろ私自身が作成したものです。また結語は、2007年の5月5日に長野県の小布施町を訪れた後、桜井甘精堂のネット投稿欄に寄稿したものです。

当時私は、家族と折り合いがつかず、統合失調症と不定愁訴を患い、群馬県の高崎市に逗留していました。2年の休学を経て、症状が寛解し、一時的に断薬を行い、無事休学から復学が決まった後、愛ある世界に恋い焦がれ、執筆したものです。

一時的な断薬の結果でしょうか、高崎から見上げる2月の空は大変明るく、春の日に粉雪が舞い、静謐な城に月は輝き、美しい花は誇り高く咲き始めました。そんな幸せな夢を見ていたのです。

良く市役所内の照葉樹の袂で、コンビニで買ったジャンクフードを食べながら、私の目は少しかすんだ景色を見ていました。

しかしながら、どうも私は幸せにはなれないようで、悪い歯医者に歯を不必要に削られたり、非常識極まりない、素性を隠して生活している始末に負えない悪人に命を狙わりたりして、私の心はすっかり憔悴しきってしまいました。

仮に不幸が私の運命を挫き、あらゆる困難に直面しても、なお、家族愛や隣人愛の存在を自己実現と世界繁栄の課題とするならば、本文献の内容は、世に資する事大と判断し、17年後の今日、出版を決意したものです。

周囲の環境も大きく変わりました。私の父親は11年前に亡くなり、母親も齢を重ねました。一つ一つ書いていけば、きっと限がないでしょう。
しかし私は思うのです。どうも私の心というものは、その時感じた例えようのない恐怖から、大学生の時分で、止まってしまったのではないかと。
つまりその時に執筆し、出版を考えていた文章を本にする事は、再度私自身の可能性を将来に向かって開く事を意味するのです。

きっと私は若い頃、高崎の春の初めに見たような幸せな景色をもう一度見たいのです。

人は哀しみがなければ、愛しさを知る事ができません。愛しさがなければ、何にも愛着を持って探求する事ができず、その人は物事の本質から遠ざかり、力を得る事ができません。
若しかつて人間が、哀しみのない天国を夢想したのならば、あるいは哀しみを知る事ができない、冷酷な無視に徹しようとしたならば、其れは過ちです。
真に物事の本質を知る人は、哀しみを理解して、人を抱く力があるはずです。何故ならば、其れが物事の本質につながるのですから。
どんな哀しみも必要であり、其れ以上の愛を未来に向かって追い求めるべきです。その方向性の先に、永遠に届かない、まだ見ぬ天国があるのでしょう。

虫の中で、人間になろうと努力しても意味がありません。人間が暮らす世界で、光を追い求めるのです。Fly song の中で Love song を聴くのではなく、Love song の世界で Light song を聴こうではありませんか。

つなぎましょう。つなぐから対象が無視にならず、好きになったり、嫌いになったり、心が痛んだり、自分の欲求を通したり、人間が本来あるべき姿に戻れるのです。其処に哀しみや愛しさがあるのです。

だから勝者と弱者の生きる世界は並走するべきなのです。

自分が一番大切だったとしても、心の痛みは大切にしましょう。

碓氷の峠が昔のようにつながり、父親が在来線のあさまを走らせる夢が見てみたいものです。

もう、叶う事がないとしても。

2024 年 6 月 30 日　丸山輝道

追伸

これはあり得ないことだと信じたいのだが、もし仮に僕と生き別れた娘がいるのであれば、僕は生活をともにする用意がある。君のお母さんと相談し、この本を手掛かりにして、僕のところに来なさい。君がお母さんとはぐれて、独りきりでいるなら、今すぐ僕のところに来なさい。
僕は大企業の契約社員をしていて、毎日家計簿もつけている。必要な収入と、十分な蓄え、そして時間がある。温かい家庭を君と作りたい。それが難しい場合としても、可能な限り世話をするつもりだ。

僕自身、辛い運命を背負って生きている人間だ。だが自分が愛されなかったからといって、人を傷つけるような人間にはなりたくはない。世界には相容れない人がいて、僕の遺伝子を悪用しているのかもしれない。このアマテラスの子孫が統治する日本で、私たちの象徴に無断で、その行為に及んでいることは、断じて許しがたい。しかし生まれてきた子供に罪はないはずだ。
僕はこの本を世界における愛の再生の手掛かりにしたい。どうか幸せでいて欲しい。例え会えなくても、同じ空の下でいつも祈っている。愛しているよ。

娘へ　親に愛されなかったお父さんたちが戦ったから、家族を大事にしようとする日本があるんだよ。
それだけは忘れないでほしい。

―― B'z　ALONEの歌詞に寄せて

2025年1月13日丸山輝道

著者紹介

丸山　輝道　（まるやま　てるみち）
1985 年長野県長野市生まれ

佐久長聖高等学校中退、同年度高卒認定試験合格（2001.12）、明治学院大学社会学部社会学科卒業（2010）。大学卒業後、自らの体調を鑑み、長野県内の企業に就職。就労移行支援事業所を経て、関東のとある大手企業に就職。

中学時代から不定愁訴に悩まされ、高校入学後、長野日本赤十字病院に入院。療養の必要性から高卒認定を取得。当時、読書を果敢に行った。大学入学後、横浜や高崎で独り暮らしを行った結果、体調が快方に向かい、復学後卒業。本文献は大学休学中に高崎で休養した際に書かれた。長野県内の企業に就職し、退職後、高崎に単身赴任し、住まいを構える。現在は、関東のとある大手企業に就職し、クリーンキーパーとして、庶務と清掃を担当している。

近年、次期当主の兄より母屋の管理を任される。思想、哲学に強い関心を持ち、兄と神戸を旅した思い出を綴った別著『良識の創造ー不可能への挑戦（牧歌舎）』がある。国内旅行と音楽鑑賞、インテリアとお洒落が生き甲斐の自由人。

You shall return.

―Joyful love. ～ memorial 2007 ～

2025年4月11日　初版第1刷発行

著　者　丸山輝道

発行所　株式会社 牧歌舎 東京本部
〒101-0064 東京都千代田区神田猿楽町 2-5-8 サブビル 2F
TEL 03-6423-2271 FAX 03-6423-2272
https://bokkasha.com　代表：竹林哲己

発売元　株式会社 星雲社（共同出版社・流通責任出版社）
〒112-0005 東京都文京区水道 1-3-30
TEL 03-3868-3275 FAX 03-3868-6588

印刷・製本　冊子印刷社（有限会社アイシー製本印刷）

ISBN 978-4-434-35122-8　C0093
JASRAC 出 2410366-401